Gaku
Kuze
1

Sommaire

Chapitre 1 Grand frère Uramichi

QUI EST SUPER EN FORME, AUJOURD'HUI ?!
MOIII !
QUI EST EN FORME COMME UN JOUR NORMAL ?
MOI !
MOI !
QUI EST COMPLÈTEMENT CREVÉ... AU BOUT DU ROULEAU...
ET N'A RIEN ENVIE DE FAIRE ?
MOIII...
...
TIENS, ON DIRAIT QUE JE SUIS LE SEUL...
NEKO

PAF PAF
ビシッ ビシッ
PAF
ビシッ
...
QUE SE PASSE-T-IL, YUKA ?
TU M'ATTAQUES PAR SURPRISE ?
NON, JE FAIS DE LA MAGIE...
POUR TE REDONNER LA FORME !
MA PETITE YUKA...
FIGUREZ-VOUS QUE MOI AUSSI...
J'AI UN SORT TOUT SPÉCIALEMENT POUR VOUS.
HÉ HÉ !
QUEL GENRE DE SORT ?
UN DE CEUX QUI VOUS ÉVITERONT...
DE FINIR COMME MOI DANS VINGT ANS...

* IL S'AGIT DE LA JASRAC, LA SOCIÉTÉ JAPONAISE DES DROITS DES AUTEURS, DES COMPOSITEURS ET DES ÉDITEURS. L'ÉQUIVALENT DE LA SACEM EN FRANCE, NDT.

VOUS ÊTES PRÊTS ? ON Y VA !
QUE SIGNIFIE LE "U" DE URAMICHI ?
UNE BALADE À LA MER !
ET LE "RA" ?
TCHA
TCHA
TCHA
RASSURANT !
SUPER !
ON CONTINUE ! ET LE "MI" ?
MIMOSA !
ET LE "CHI" ?
CHINCHILLA !
BRAVO, LES ENFANTS !
VOUS APPRENEZ TRÈS VITE !
CONSERVEZ PRÉCIEUSEMENT CETTE ATTITUDE QUI CONSISTE À S'INVESTIR PLEINEMENT MÊME DANS CE QUI NE NOUS INTÉRESSE PAS...
CAR ELLE VOUS SERVIRA GRANDEMENT DANS VOTRE RECHERCHE D'EMPLOI !

GRAND FRÈRE URAMICHI …
C'EST QUOI, LA "RE-CHERCHE D'EM-PLOI" ?
C'EST UN TOURNANT DANS LA VIE AUQUEL NOUS DEVONS TOUS…
FAIRE FACE UN JOUR.
HUM …
IL Y A TOUT UN TAS D'AUTRES MOMENTS DANS LA VIE AU COURS DES-QUELS…
ON VOUS RENIERA, ON VOUS RABAISSERA, ON VOUS BLESSERA…
MAIS MÊME DANS CES MOMENTS-LÀ, VOUS NE DEVREZ JAMAIS PERDRE DE VUE CELLE OU CELUI QUE VOUS ÊTES.
QUAND JE VOUS APPELLE "GENTILS ENFANTS", J'ENTENDS PAR LÀ…
"GENTILS ENFANTS TRÈS FORTS AVEC UNE PATATE D'ENFER".
???

COUPEZ ! C'ÉTAIT PARFAIT !
ON POURSUIT AVEC LA SCÈNE DE FIN DU GRAND FRÈRE ET DE LA GRANDE SŒUR DE LA DANSE.
REPOSE-TOI JUSQU'À CE QU'ON FASSE ENTRER LE DEUXIÈME GROUPE D'ENFANTS.
ÇA MARCHE.
C'ÉTAIT SUPER, URAMICHI !
MERCI BEAUCOUP.
AAAH !
C'EST GRAND FRÈRE URAMICHI !
FSH
スッ
TU RENTRES CHEZ TOI, GRAND FRÈRE URAMICHI ?
NON, JE PRENDS MA PAUSE.
POURQUOI ?
PARCE QUE COMME TOUT BON ENFANT QUI NE PEUT PAS BIEN JOUER LORSQU'IL A SOMMEIL...
JE DOIS LAISSER SE REPOSER MESSIEURS MES MUSCLES FACIAUX SI JE NE VEUX PAS QU'ILS MEURENT !

SUPER !
C'EST PARTI POUR L'ÉPISODE DU JOUR DE "AUX CÔTÉS DES MAMANS" !
MAIS AVANT CELA...
LA PETITE MIKI A UNE QUESTION POUR TOI.
IL PARAÎT QUE MIKI A UNE QUESTION POUR GRAND FRÈRE URAMICHI !
QUE VEUX-TU ME DEMANDER ?
FSH
TU AS QUEL ÂGE, URAMICHI ?
31 ANS.
MOI, MON PAPA IL A 29 ANS...
ALORS POURQUOI TU N'ES PAS MARIÉ ET TU N'AS PAS ENCORE D'ENFANT ?
...
T'ES DURE, LÀ...

ÉCOUTEZ-MOI BIEN, LES ENFANTS, D'ACCORD ?
NOUS AVONS TOUS DES VIES DIFFÉ-RENTES.
ET CE N'EST PAS PARCE QUE JE PASSE MES SOIRÉES SEUL À REGARDER DES SÉRIES ININTÉRESSANTES EN BUVANT DE L'ALCOOL BON MARCHÉ...
QU'IL FAUT CONSIDÉRER QUE JE SUIS MALHEUREUX.
LES IDÉES PRÉCONÇUES TUENT PAR-FOIS LES GENS, TU SAIS.
QU'EST-CE QUE TU RACONTES DEPUIS TOUT À L'HEURE ?
JE NE SAIS PAS...
JE NE SAIS...
PLUS RIEN...

OUIIIN !
TOMOKI EST TOMBÉ ET S'EST FAIT...
UN GROS BOBO !
OUIN !
REGARDE PAR ICI, TOMOKI.
OÙ EST DONC PASSÉE...
MA RAISON ...
D'EXISTER ?!
QUAND TU SERAS ADULTE ...
SI TU NE T'ARRÊTES PAS DE PLEURER TOUT SEUL...
PERSONNE NE VIENDRA JOUER AVEC TOI À "MA RAISON D'EXISTER"...

SUR CE...
IL EST TEMPS D'APPELER NOS AMIS LAPINOU ET OURSINOU !
UN, DEUX...
LAPINOU !
OURSINOU !
FSHHH
シーン……
TIENS, MAIS QUE FONT-ILS ? ON DIRAIT QU'ON NE LES A PAS APPELÉS ASSEZ FORT !
ENCORE UNE FOIS, DE TOUTES VOS FORCES !
UN, DEUX ...
LAPINOU !
OURSINOU !
FSHHH
シーン……
BAH ÇA ALORS ...
IL FAUDRAIT CRIER ENCORE PLUS FORT ?!
ENCORE UNE FOIS, LES ENFANTS !
UN, DEUX ...
KOF KOF !
ÇA VA, GRAND FRÈRE URAMICHI ?
TU AS TROP BU ?

HEIN ?
LAPINOU (TOBIKICHI USAHARA) (28 ANS)
OURSINOU (MITSUO KUMATANI) (28 ANS)
VOILÀ …
C'EST POUR ÇA…
QUE VOUS DEVEZ VOUS POINTER AU DEUXIÈME APPEL.
EUH …
MAIS LE TEXTE DIT QU'IL FAUT ATTENDRE TROIS FOIS …
QU'EST-CE QUI EST LE PLUS IMPORTANT, LE TEXTE OU MA GORGE ?
…
CES DERNIERS TEMPS …
À CHAQUE FOIS QUE JE DONNE TROP DE VOIX…
J'AI…
J'AI L'IMPRESSION DE PERDRE UN PEU …
…
DE QUOI ?
DE VIE.

POURQUOI DONC FAIT-IL CE TRAVAIL ?
URA-MICHI...
TU ÉTAIS LE MEILLEUR DE TA PROMOTION EN FACULTÉ DE SPORT ET TU AS TOUJOURS ÉTÉ UN MODÈLE POUR NOUS.
RAPPELLE-TOI...
CE QUE NOUS DISAIT LE COACH ANZAI.
"LE MATCH N'EST JAMAIS TERMINÉ TANT QUE VOUS N'AVEZ PAS ABANDONNÉ."
PFF...
MAIS IL Y A DES MATCHS ...
QUI REFUSENT DE SE TERMINER MÊME QUAND ON ABANDONNE...
LE MATCH DE LA VIE, PAR EXEMPLE...

LE TOURNAGE EST FINI POUR AUJOURD'HUI !
VOUS AVEZ BIEN TRAVAILLÉ !
MERCI !
URAMICHI VIENT BOIRE UN COUP APRÈS ?
NON, IL EST DÉJÀ PARTI.
PFF, TOUJOURS AUSSI RAPIDE...
FRSH
シュボッ
CHAQUE ADULTE POSSÈDE...

UN OU DEUX VISAGES CACHÉS.
BONNE FIN DE JOUR-NÉE...
À VOUS...
JE COMPTE SUR VOUS, LES EN-FANTS...
POUR FAIRE SEMBLANT DE NE PAS LES VOIR.

Uramichi Omota

ÂGE ★ 31 ANS
TAILLE ★ 1 M 75
GROUPE SANGUIN ★ AB
ANNIVERSAIRE ★ 21 DÉCEMBRE
TABAC ★ FUME
ALCOOL ★ BOIT (ET TIENT BIEN)

Chapitre 2
Aîné et cadets

PI! ピー PI ピ PI ピ PI ピピピ…
PI! ピー PI ピ PI ピ PI ピピピ…
ピー PI! ピー PI! ピ PI ピ PI ピ PI ピ
PI! ピー PI! ピ PI ピ PI ピ PI ピ
FSH むく…
ピー! PI!
BAM
LE MATIN…
EST LÀ…

BONJOUR, LES ENFANTS !
BLA BLA
ワイワイ
C'EST MOI, GRAND FRÈRE URAMICHI ! ☆
VOUS ALLEZ BIEN, AUJOURD'HUI ?
OUIIII !!
VOUS ÊTES DRÔLEMENT EN FORME, DITES DONC !
J'AIMERAIS BIEN VOUS PIQUER UN PEU DE VOTRE ÉNERGIE ! ☆
TOUS ENSEMBLE, ON VA BIEN...
S'AMUSER !
YOUPIIII !!
キィ
KIII
EN FAIT, JE CROIS QUE C'EST VOUS QUI ALLEZ ME POMPER TOUTE MON ÉNERGIE...

MAIS JE VOUS RASSURE, IL N'Y A RIEN DE MIEUX QUE DE DÉBORDER DE VIGUEUR. ☆
MÊME MA VITALITÉ DE FAÇADE VAUT MIEUX QUE RIEN !
OUAH HA HA !
HA HA !
CE N'ÉTAIT PAS DRÔLE. ☆
VOUS AUSSI, DANS LE FUTUR, VOUS AUREZ FORCÉMENT DES JOURS OÙ VOUS NE SEREZ PAS BIEN.
DANS CES MOMENTS-LÀ...
PENSEZ À NE PAS VOUS RÉFUGIER DANS LA FUITE DE LA RÉALITÉ OU L'ABANDON DES RESPONSA-BILITÉS...
QU'ON TENTERA DE VOUS IMPOSER EN AVAN-ÇANT...
UN MOT QUI SONNE BIEN...
LE "POSITI-VISME"...
...

ALLEZ !
IL EST TEMPS DE PASSER À LA GYMNASTIQUE ABC !
TU N'ES PLUS FÂCHÉ CONTRE LA JA●RAC ?
JE N'ÉTAIS PAS FÂCHÉ, TU SAIS. ☆ C'ÉTAIT JUSTE UNE PETITE PROVOCATION GRATUITE. ☆
LES OPINIONS QUI CHANGENT DU JOUR AU LENDEMAIN...
SONT LE PROPRE DES ADULTES FAIBLES. ☆
HUM ...
"SI TU NE PEUX PAS LES BATTRE, RALLIE-TOI À EUX"...
EST L'UN DES TROIS ADAGES QUI SERVENT LE PLUS DANS LA VIE.
(* D'APRÈS MES RECHERCHES)
LE SECRET POUR BIEN VIVRE CONSISTE À NE PAS SE DRESSER CONTRE CE QUI PEUT PARAÎTRE DÉRAISONNABLE OU ABSURDE.
MAIS FAUT-IL POUR AUTANT ACCEPTER CES CHOSES ?
NON, BIEN SÛR.
FACE À L'ABSURDITÉ...
IL FAUT APPRENDRE À FAIRE LE MORT ET À ATTENDRE QUE ÇA PASSE...

C'EST PARTI, LES AMIS ! ☆
ON VA COMMENCER LA GYMNASTIQUE ABC !
C'EST TA VRAIE VOIX, URAMICHI ?
TU ME DEMANDES SI JE FAIS EXPRÈS DE PARLER TOUT LE TEMPS AVEC CETTE VOIX AIGUË ET MONOCORDE ?
BIEN SÛR QUE NON ! ☆
OUAH HA HA !
CE N'ÉTAIT PAS DRÔLE. ☆
IL T'EST ARRIVÉ DES CHOSES BIEN, RÉCEMMENT ?
NON, AUCUNE. ☆
OUAH HA HA !
ARRÊTE DE RIRE.
DANS CE CAS, POURQUOI TU SOURIS TOUT LE TEMPS ?
PARCE QU'IL NE RESTE PLUS QUE LE SOURIRE QUAND RIEN NE VA DANS LA VIE. ☆
OOH !
JE SAIS QU'UNE FOIS DE RETOUR CHEZ MOI, SEUL, JE PERDRAI TOUTE FORME DE SENSIBILITÉ.
LES MOMENTS QUE JE PASSE À VOS CÔTÉS SONT LE SOLEIL DE MON EXISTENCE.
OOH...
C'EST LÀ QU'IL FALLAIT RIRE ! ☆

VOUS SAVEZ...
JE NE PENSE PAS QUE SOLITUDE SOIT SYNONYME DE VIE RATÉE.
DANS LES BARS, JE RENCONTRE SOUVENT DES VIEUX TYPES BLASÉS, ÉTERNELS CÉLIBATAIRES, QUI SEMBLENT PLUS HEUREUX QUE N'IMPORTE QUI AU MONDE.
BREF...
QU'ON SOIT SEUL OU EN COUPLE...
JE PENSE QUE LA DÉFAITE SURVIENT QUAND ON LAISSE LA SOLITUDE NOUS ENVAHIR...
ESSAYER DE SE COLLER DANS LE DOS UN PATCH CHAUFFANT QUI FINIT TOUT FROISSÉ...
OU BIEN RESTER LES YEUX FIXÉS SUR LE MUR OU LE PLAFOND...
C'EST DANS CES MOMENTS QUE LA SOLITUDE VOUS MET K.O.
TU CONNAIS ÇA ?
OUI, CHAQUE JOUR, TOUT LE TEMPS, K.O. APRÈS K.O.
MA VIE EST UN ÉCHEC.

DITES DONC, LES ENFANTS... ☆
ET SI ON APPELAIT NOS AMIS LAPINOU ET OURSINOU ? ☆
UN, DEUX, TROIS !
LAPINOU !!
ON FAIT QUOI ?
ON ENTRE PLUS TÔT QUE D'HABITUDE ?
OURSINOU !
SI ON TARDE TROP, URAMICHI VA ENCORE SE METTRE EN COLÈRE...
...
UN,
CRIEZ BIEN FORT POUR QU'ILS NOUS ENTENDENT !
NON ! JE SUIS UN PRO, MOI AUSSI !
LA PEUR QUE M'INSPIRE URAMICHI NE DOIT PAS PRENDRE LE PAS SUR LE SCRIPT !
DEUX, TROIS !
LAPINOU !
OURSINOU !
USAHARA ...
PA... PARDON ...
HÉ HÉ...
ON ARRIVE TOUT DE SUITE !!

REGARDEZ QUI VOILÀ !
LAPINOU ET OURSINOU M'ONT DIT QU'ILS VOULAIENT JOUER AVEC VOUS !
VOUS ÊTES D'ACCORD ?!
OUIIII !
SUPER ! ☆ ILS ONT DE LA CHANCE D'AVOIR DE GENTILS AMIS COMME VOUS ! ☆
À QUOI TU VEUX JOUER, LAPINOU ?
VOIX ENREGISTRÉE
À N'IMPORTE QUOI, TANT QUE C'EST RIGOLO. ♪
HI HI. ♡
IDEM POUR MOI ! ♡
VOUS SAVEZ QUOI ? LAPINOU EST SUPER BON À CHAT. ☆
JE COMPTE SUR VOUS POUR LE POURSUIVRE SANS RELÂCHE. ☆
OUAH, ÇA VA ÊTRE GÉNIAL. ♪
SUPER !
OUAIS !
T'AS INTÉRÊT À LES FAIRE MARRER À CHAQUE FOIS QU'ILS T'ATTRAPENT !
OUAIIIS !

U...
RAMICHI OMOTA LOGE
RA...
VLAM
MICHI !
ÇA SUFFIT ! ARRÊTE DE NOUS HARCELER !
JE N'Y PEUX RIEN, C'EST MA FAÇON DE COMMUNIQUER.
CRII
CRII
CRII
DANS CE CAS, FAIS QUELQUE CHOSE, PARCE QUE C'EST TROP TORDU !
TU RÉPÈTES TOUT LE TEMPS QUE TU VOUDRAIS ÊTRE DRÔLE, USAHARA...
ALORS JE ME SUIS DIT QUE JE POURRAIS TE FORMER.
SI, À CHAQUE FOIS QUE TU ES BOURRÉ.
"JE VOUDRAIS ÊTRE DRÔLE, AVOIR LA COTE..."
NON, C'EST FAUX.
JE N'AI JAMAIS DIT ÇA.
IL MENT, HEIN ?
JE T'AI ENTENDU LE DIRE CENT FOIS.
ARRÊTE...

ET SI VOUS RETIRIEZ VOS COSTUMES ? IL DOIT FAIRE CHAUD LÀ-DESSOUS, NON ?
HEIN ?
EUH... NON ...
IL M'A DIT QU'IL NE VOULAIT PAS AFFRONTER TON REGARD QUAND IL EST SOBRE.
PARCE QUE TES YEUX FONT TROP...
FLI...
BORDEL, J'Y CROIS PAS ! TU TRAHIS COMME TU RESPIRES !
ON NE S'EST JAMAIS JURÉ LOYAUTÉ...
TU REFUSES AUSSI D'EN-LEVER TON COSTUME ! SANS DOUTE POUR LA MÊME RAISON QUE MOI, HEIN ?
HIII...
ON A BEAU DIRE, C'EST SON AIR SÉRIEUX QUI FAIT LE PLUS PEUR...
COMMENT ÇA S'APPELLE, DÉJÀ... LE TRUC POUR SE FAIRE LA POIGNE... ÇA NE CASSE PAS, NORMALEMENT, SI ?
BOING
ギョイーン

LA PÉNICHE
LA PÉNICHE
AAAH...
...
URAMICHI ...
JE VEUX DEVENIR DRÔLE...
ET AVOIR LA COTE...
JE TE COMMANDE UN VERRE D'EAU ?
BIÈRE PRESSION SOUR SUDACHI 600 YENS
PREMIUM FRIDAY MENU À PARTIR DE 3000 YENS
NOUS RECRUTONS 900 YENS/HEURE
23

Grand frère Uramichi
Gaku Kuze
présente

Lapinou

UN PETIT LAPIN MÂLE QUI
A TOUT LE TEMPS LA PÊCHE.
IL ADORE LES PETITS ENFANTS
ET LES CAROTTES.

Oursinou

UN PETIT OURS MÂLE
SUR QUI ON PEUT COMPTER.
IL ADORE LES PETITS
ENFANTS ET LE MIEL.

Chapitre 3
L'effet bitmap

À BIENTÔT, LES CO-PAINS !
ON SE RETROUVE DANS LE PROCHAIN ÉPISODE DE "AUX CÔTÉS DES MAMANS" !
BYE BYE !
OK... COU-PEZ !
PARFAIT !
FSH
GRAND FRÈRE DE LA CHANSON IKETERU DAGA (27 ANS)
GRANDE SŒUR DE LA CHANSON UTANO TADANO (32 ANS)

ON A BIEN BOSSÉ ...
NOM DE SCÈNE : "GRAND FRÈRE IKETERU".
IL POSSÈDE UNE BELLE VOIX FORTE QU'IL A CULTIVÉE QUAND IL JOUAIT DANS DES COMÉDIES MUSICALES.
MALGRÉ SON JOLI MINOIS QUI REND DINGUES LES FEMMES...
PFF ...
チャッ
FSH
IL ADORE LES BLAGUES SALACES ET PEINE À LIRE ENTRE LES LIGNES...
TOUT COMME IL PEINE À LIRE L'HEURE DE SA MONTRE ANALOGIQUE.
IL EST QUELLE HEURE ?
RAPPELLE-MOI POURQUOI TU PORTES UNE MONTRE ?

NOM DE SCÈNE : "GRANDE SŒUR UTANO".
CHANTEUSE IDOL RATÉE ←
INTERPRÈTE DE CHANSONS ENKA* ←
CHANTEUSE DE JAZZ DANS UN NIGHT-CLUB
*GENRE DE BALLADES JAPONAISES, NDT.
BIEN QU'ELLE SOIT DIPLÔMÉE D'UNE CÉLÈBRE FACULTÉ DE MUSIQUE...
SA CARRIÈRE AGITÉE TÉMOIGNE...
AAAH...
D'UNE CRIANTE MALCHANCE ET D'UN SÉRIEUX PROBLÈME DE TIMING.
JE VEUX ME MARIER...
AAAH...
TU M'ÉCOUTES ?
HEIN ?
EXCUSE-MOI, J'ÉTAIS EN TRAIN DE RÉFLÉCHIR.
POUR INFO, ELLE VIT DEPUIS SIX ANS AVEC SON PETIT AMI, UN HUMORISTE RATÉ.

COUPEZ !
ALLEZ DONC VOUS REPOSER PENDANT QU'ON PRÉPARE LE PLATEAU POUR LA SECONDE PARTIE !
MERCI !
DOM
ちらっ
ビクッ
GLOUPS
ばっ
VSH
JE N'AI MÊME PAS LA FORCE...
DE M'EN PRENDRE À UN TYPE QUE MA SIMPLE PRÉSENCE SEMBLE ÉNERVER...
JE SUIS EN PHASE TERMINALE...
ÇA DEVIENT PATHÉTIQUE.
TAP
スタスタ
TAP
IL... IL NOUS A IGNORÉS ?
ÇA LE REND PLUS FLIPPANT.

J'AI TOUJOURS PENSÉ...
QUE LES HUMAINS COMMENÇAIENT À VIEILLIR...
DÈS L'INSTANT OÙ ILS CESSAIENT DE SE BATTRE.
SANS ALLER JUSQU'À PARLER D'INSTINCT GUERRIER...
CRII
CRII
CRII
CRII
IL FAUT BIEN RECONNAÎTRE QU'INCONSCIEMMENT...
LES GENS GRANDISSENT EN SE BATTANT, EN RIVALISANT, EN ÉTANT BOUSCULÉS ET PARFOIS ÉCRASÉS.
TOUT À L'HEURE...
QUAND CE LAPIN S'EST BRIÈVEMENT RETOURNÉ DANS MA DIRECTION...
IL ALLAIT TRÈS CERTAINEMENT DIRE DU MAL DE MOI.
QUAND IL A VOULU S'ASSURER QUE JE N'ÉTAIS PAS DANS LES PARAGES...
NOS REGARDS SE SONT CROISÉS, ET IL S'EST DIT UN TRUC COMME...
"MERDE ! IL EST ENCORE LÀ !"

EN SOI, CE N'EST PAS BIEN GRAVE, JE SUIS HABITUÉ.
MAIS CE QUI ME FAIT PEUR...
CE SONT MES ÉMOTIONS...
QUI SE MANI-FESTENT AVEC UN TEMPS DE RETARD.
COMME SI MON HUMEUR N'ÉTAIT PLUS EN LIEN...
AVEC LES PHÉNO-MÈNES QUI SE PRO-DUISENT AUTOUR DE MOI...
CRII
ギギギッ
CRII
CRII
CETTE IMPRES-SION...
QU'UN VERNIS D'IN-DIFFÉRENCE RECOUVRE MA COLÈRE.
CRII
ギッ
CRII
CRII
CRII
CRII
CRII
CRII
ギッ

CLAC
ガッチャ
SALUT, URAMICHI !
LA PROCHAINE FOIS, FRAPPE À LA PORTE, D'ACCORD ? QUE PUIS-JE POUR TOI ?
TU CONNAIS L'EFFET BITMAP ?
...
TU VEUX PARLER DE CES OPÉRATIONS...
AU COURS DESQUELLES ON TRAITE DES PIXELS SIMPLES ?
...
JE VIENS TOUT JUSTE...
DE DÉCOUVRIR CE MOT, "BITMAP"...
J'AI TELLEMENT RI QUE J'AI FAILLI M'ÉTOUFFER...
L'EFFET BITMAP... HA HA...
C'EST PAS TROP DRÔLE ?
L'EFFET... BIT... MAP... TU PIGES ?

コン TOC
コン TOC
ガチャッ CLAC
AH…
VOUS ÊTES LÀ.
VOUS POUVEZ REVENIR, ON VA BIENTÔT REPRENDRE.
D'ACCORD.
…
…
EFFET BITMAP.
PFFT !
?
ÇA VA ?
BITURE.
PFFT …
HA HA HA…
DÉBITER.
PFFT… AR-RÊTE !
PAS JUSTE AVANT LE TOUR-NAGE !
BITER.
HA HA HA HA… STOP !
SÉRIEUX, LES GARS, QU'EST-CE QU'IL Y A ?

BON-JOUR, LES PETITS EN-FANTS !
VOUS ALLEZ BIEN ?
C'EST L'HEURE DE FAIRE UN JOLI DESSIN !
AMUSONS-NOUS UN PEU ENSEMBLE PENDANT QUE GRAND FRÈRE IKETERU RÉ-CUPÈRE !
IL EST FATIGUÉ, GRAND FRÈRE IKETERU ?
DANS SON CAS, CE N'EST MÊME PLUS DE LA FATIGUE. DISONS QU'IL EST AU BORD DE LA RUP-TURE. ☆
C'EST POURQUOI, MES PETITS MIGNONS, PENSEZ À BIEN VOUS REPOSER ...
AVANT QUE LA FATIGUE NE VOUS RONGE L'ESPRIT ET VOUS RENDE FOUS !
IL EN EST OÙ, GRAND FRÈRE IKETERU ?
POUR LUI, C'EST DÉJÀ TROP TARD...
LE PAUVRE ...

PARLONS D'AUTRE CHOSE, SI VOUS LE VOULEZ BIEN ! QUEL EST LE PROGRAMME DU JOUR, GRANDE SOEUR UTANO ?
AUJOURD'HUI, JE VAIS VOUS DESSINER MON AMI !
MAIS AVANT CELA, GRAND FRÈRE URAMICHI M'A PROMIS QU'IL NOUS PRÉSENTERAIT LE SIEN !
JUSTE POUR VOUS ! ☆
ET VOILÀ !
CRITCH
QU'EST-CE QUE C'EST QUE ÇA ?!
JE... QUE...
T'AS DESSINÉ QUOI ?!
CE QUE VOUS VOYEZ LÀ...
C'EST LE PETIT OISEAU QUI APPARAÎT DANS PRÈS DE 80 % DE MES RÊVES !
IL EST CHOU, NON ? ☆
IL EST MALADE ?
SI J'ADMETS QU'IL EST MALADE, LES TYPES AUX DANGEREUX YEUX ROUGES...
EN PROFITERONT À COUP SÛR...
DE QUOI TU PARLES ?

OK, ON COUPE !
MERCI, TOUT LE MONDE !
NON MAIS FRANCHEMENT (RIRES).
LA SEULE PASSION DE CE TYPE, C'EST LA MUSCU (RIRES).
UN JOUR, JE LUI DIRAI ENTRE QUAT'Z-YEUX CE QUE JE PENSE DE LUI (RIRES).
QUE C'EST UN PUTAIN DE GROS MA...
CHO...
CET INSTANT OÙ LE VERNIS DE LA COLÈRE RECOUVRE L'INDIFFÉRENCE.

Grand frère Uramichi
Gaku Kuze
présente

Fiche personnage

Iketeru Daga

ÂGE ★ 27 ANS
TAILLE ★ 1 M 84
GROUPE SANGUIN ★ O
ANNIVERSAIRE ★ 15 AVRIL
TABAC ★ SON ORGANISME NE LE SUPPORTE PAS
ALCOOL ★ EN BOIT (MAIS NE TIENT PAS DU TOUT)

Chapitre 4
C'est ça, être adulte

ウィ〜ン…
GZIII
ENTRÉE INTERDITE AU PUBLIC
BON-JOUR !
BON-JOUR !
BON-JOUR !
BON ...
BON-JOUR ...
SALUT !
脱兎
出没注意
* PEUT SURGIR À TOUT INSTANT : CONCERNE SURTOUT LES OURS AU JAPON.
** LAPIN EN FUITE : ÉQUIVALENT DE "À TOUTE ALLURE" EN JAPONAIS. JEU DE MOTS AUTOUR DU NOM ET DE LA FONCTION DU PERSONNAGE, NDT.
JE SUIS PLUS EN FORME EN ARRIVANT AU TRAVAIL QU'EN ME RÉVEILLANT CE MATIN !
UN PEU COMME SI J'AVAIS ABANDONNÉ UN TRUC PAR LE PASSÉ ET QUE J'Y REVENAIS DANS DE MEILLEURES DISPOSITIONS.

バッサア
FRSH
AUJOURD'HUI...
J'AI L'IMPRESSION DE POUVOIR TOUT DONNER !
VLAM
ガチャッコ
TOC
コンコン
TOC
ENTREZ !
FRSH
もそもそ
FRSH
CLAC
ガチャ...
JE VOULAIS TE DIRE QUE...
AH...
POURQUOI TU M'AS DIT D'ENTRER ?
HÉ HÉ !
L'ESPACE D'UN INSTANT...
J'ÉTAIS EN MODE MENTALEMENT INVINCIBLE !
RESTE CONCENTRÉ ET FINIS DE T'HABILLER...

ガチャ…
CLAC
IKETERU DAGA
LOGE
BONJOUR.
BON-JOUR, IKETERU.
URAMICHI ÉTAIT D'EX-CELLENTE HUMEUR EN CALEÇON.
D'UN CÔTÉ, ÇA M'IN-TRIGUE, MAIS DE L'AUTRE, ÇA M'EF-FRAIE.
BONJOUR !
ガチャッ
VLAM
スッ…
FSH

AH...
SALUT ...
C'EST LA FIN DU MODE INVINCIBLE...
SALUT.
IL N'EST NI EN SLIP NI D'HUMEUR EXCELLENTE...
TU VOIS CES MOMENTS OÙ TU TE SENS COMME DÉLIVRÉ D'UN POIDS...
ALORS QUE TA SITUATION N'A ABSOLUMENT PAS ÉVOLUÉ ?
C'EST SÛREMENT TON ÂME QUI AGIT PAR INSTINCT DE DÉFENSE.
ÇA VA ?

FLASH
FLASH
BONJOUR, LES PETITS ENFANTS !
TAC
TAC
AUX CÔTÉS DES MAMANS
TAC
VOUS ALLEZ BIEN ?
JE ME PRÉ-SENTE, GRAND FRÈRE IKETERU DAGA !
MOI, JE SUIS LA GRANDE SŒUR UTANO TADANO !
ET MOI, URAMICHI OMOTA, LE GRAND FRÈRE GYMNAS-TIQUE !
AUJOUR-D'HUI, NOUS ALLONS...
CHANTER TOUS EN-SEMBLE !
POUR COMMEN-CER, MA CHANSON PRÉFÉ-RÉE. ☆
"POURQUOI PLEUT-IL TOUJOURS QUAND JE N'AI PAS MON PARAPLUIE ?"

OUAIIIS !
TCHA LA LA LA ♪
TCHA LA LA
(LA MINEUR)
QUAND LA MÉTÉO PRÉVOIT DES NUAGES ET DE LA PLUIE PAR MOMENTS... ♪
FSH
MON INSTINCT ANIMAL...
EST MIS À L'ÉPREUVE ... ♪
TCHA LA LA LA ♪ LA LA LA LAN ♪
POURQUOI... ♪
PLEUT-IL TOUJOURS... ♪
QUAND JE N'AI PAS MON PARAPLUIE ? ♪
TANDIS QU'IL NE PLEUT PAS QUAND JE L'AI SUR MOI ... ♪
ALORS QUE DE LA PLUIE ÉTAIT PRÉVUE ... ♪
UN PÉPIN QU'ON N'OUVRE PAS... ♪
EST UN FARDEAU PLUS QU'AUTRE CHOSE... ♪
TCHA LA LA LA LA LA...
ON NE SAIT QU'EN FAIRE, ET IL NOUS INCOMMODE... ♪
MON DIEU, QUELLE HORREUR ! ♪
TCHA LA LA LA LA

NOUS ALLONS POURSUIVRE AVEC UN MORCEAU QU'ON NOUS A DEMANDÉ LA SEMAINE DERNIÈRE. ☆
"LA PETITE ARAIGNÉE QUE JE VOIS PARFOIS CHEZ MOI".
OUAIIIS !
CLAP CLAP CLAP
DA DA DA...
QUELLE EST DONC CETTE PETITE ARAIGNÉE QUE JE VOIS PARFOIS CHEZ MOI ? ♪
DA DA DA DAN ♪
DA DA DON
SÛREMENT UNE ARAIGNÉE SAUTEUSE. ♪
DAN
SI JE LUI DONNE UN PEU D'EAU SUCRÉE SUR UN COTON-TIGE... ♪
CETTE PETITE MIGNONNE VIENDRA S'Y AGRIPPER... ♪
TCHA DON TCHA
ZUM TCHA TCHA TCHA
MAIS D'AUTRES OPTENT POUR LA FUITE... ♪
CAR ELLES SONT VIGILANTES, ET TRÈS CHOU AUSSI... ♪
DA DA DON SHAM TCHAKA DZIM
JAKA JAKA JAKA
CELA MÊME SI LEURS SAUTS BRUSQUES ET PRODIGIEUX NOUS EFFRAIENT PARFOIS... ♪

CE MORCEAU PARVIENDRA-T-IL À ENCHANTER LES ENFANTS ? C'EST TA FAÇON DE JOUER L'ARAIGNÉE QUI NOUS LE DIRA !
BIEN SÛR !
TOUT EST DANS LE REGARD MÉLANCOLIQUE QUE PORTE L'ARAIGNÉE SUR LE NÉANT !
ENFIN, JE CROIS ! (RIRES)
TOUTE LA PROFONDEUR DU MORCEAU VIENT DE LÀ ! ENFIN, JE CROIS ! (RIRES)
A-T-ON VRAIMENT... BESOIN DE MOI ?
SES PROPOS SONT UN NON-SENS COMPLET.
MAIS IL EST MON SUPÉRIEUR, ET JE DOIS LUI OBÉIR...
C'EST ÇA, ÊTRE ADULTE.
ズンチャッチャッ ZUM ZUM TCHA TCHA TCHA
ズンチャッ... ♪

LE COURRIER DES ENFANTS
PASSONS MAINTENANT AU COURRIER DE NOS JEUNES TÉLÉ-SPECTATEURS !
OUAH !
HARUKO, 4 ANS, NOUS ENVOIE CETTE LETTRE !
J'AIME BEAU-COUP L'ÉMIS-SION "MAMAN ET TOGE-THER".
QUAND JE SERAI GRANDE ...
J'AIMERAIS ME MARIER AVEC QUEL-QU'UN COMME GRAND FRÈRE IKETERU OU GRAND FRÈRE URAMICHI.
HÉ HÉ !
TOI, GRANDE SŒUR UTANO, LEQUEL DES DEUX TU CHOISIRAIS ?
BOUM ドキ BOUM ドキ...
QUELLE QUES-TION !
MOI, TU SAIS...

...
MA PETITE HARUKO ...
N'ÉPOUSE JAMAIS UN HOMME POUR SA BEAUTÉ OU SON HUMOUR.
L'APPARENCE...
L'ÉLÉGANCE ...
SACHE QUE TOUT CE QUI FAIT SON CHARME ...
NE TE SERA STRICTEMENT D'AUCUNE UTILITÉ DANS TA VIE FUTURE.
MA PETITE HARUKO ...
JE TE SOUHAITE DE NE PAS PERDRE TON TEMPS EN EFFORTS INUTILES ET DE CONNAÎTRE UN BONHEUR TRANQUILLE...
STOP, ON COUPE !
LAISSONS UN PEU SE REPOSER CES MESSIEURS, QUI VIENNENT DE PRENDRE CHER !

URAMICHI OMOTA LOGE
PARDON...
J'AI L'IMPRESSION DE VOUS AVOIR EMBARQUÉS SUR UN TERRAIN MINÉ...
CE N'EST PAS JUSTE UNE IMPRESSION, TU NOUS AS LITTÉRALEMENT ÉCLATÉS.
VOUS AVEZ CHACUN UNE LOGE, MERCI DE NE PAS VOUS RÉUNIR DANS LA MIENNE.
IL N'Y A PAS DES MOMENTS OÙ LE SILENCE DE LA SOLITUDE...
VOUS INSUPPORTE ?
BIEN SÛR QUE SI, TOUS LES JOURS...
AU MOINS, TOI, TU AS QUELQU'UN QUI T'ATTEND À LA MAISON.
CES DERNIERS TEMPS...
LES REVUES DE MARIAGE QUE J'ACHÈTE ET LAISSE BIEN EN ÉVIDENCE SONT TOUT DE SUITE RECOUVERTES PAR SES MAGAZINES DE MANGA...
AAAH...
PEUT-ÊTRE EXPRIME-T-IL AINSI LE DÉSIR DE DEMEURER UN GARÇON POUR ENCORE QUELQUE TEMPS ?
TA GUEULE.

Grand frère Uramichi
Gaku Kuze
présente

Fiche personnage

Utano Tadano

ÂGE ★ 32 ANS
TAILLE ★ 1 M 62
GROUPE SANGUIN ★ A
ANNIVERSAIRE ★ 8 FÉVRIER
TABAC ★ ESSAIE D'ARRÊTER
ALCOOL ★ AIME (ET TIENT BIEN)

Chapitre 5
Les amis

FSH
サァ…
BON-JOUR, LES EN-FANTS !
C'EST L'HEURE DE VOTRE PRO-GRAMME "AUX CÔTÉS DES MA-MANS" !
AUX CÔTÉS DES MAMANS
8:00
ON VA PASSER UN BON MOMENT ENSEMBLE !
FAUT QUE J'AILLE BOS-SER...
ふ…
PFF...

8:17
QUEL EST VOTRE ANIMAL PRÉFÉRÉ ?
QUEL EST VOTRE ANIMAL PRÉFÉRÉ ?
MOI, J'AIME BEAU-COUP LE TIGRE !
POUR MA PART, IL S'AGIT DU CHEVAL !
...
TU JOUES AUX COURSES ?
NON, PAS DU TOUT.
J'AIME JUSTE LES CHE-VAUX.
TOI, EN REVANCHE, JE CROIS SAVOIR QUE TU AIMES LE BASE-BALL*.
EN EFFET ...
JE ME SOUVIENS ENCORE DE L'ANNÉE OÙ UN CHAT A FAIT IRRUPTION SUR LE TERRAIN, CE QUE J'AI RI.
LA RÉPÉTITION VA COMMENCER !
* EN RÉFÉRENCE AUX HANSHIN TIGERS D'OSAKA, NDT.

ET TOI, GRAND FRÈRE URAMICHI ?
JE SUIS FAN DE LA BIBITTE À PATATE !
PFFT !
C'EST VRAI QUE C'EST TRÈS MIGNON COMME INSECTE.
HA HA... HA...
EN CE MOMENT, C'EST SA MANIÈRE DE M'EMBÊTER...
HÉ HÉ ...
LE RÉALISATEUR LUI A PASSÉ UN SACRÉ SAVON À CE SUJET.
AH...
BONJOUR.
BONJOUR.
B... BONJOUR...
...
TU AURAIS PRÉFÉRÉ QUE JE CHOISISSE ...
LA BIQUEQUETTE ...
OU LE CHIEN SAUCISSE ?
IL S'AGIT EN FAIT D'UN ÉPAGNEUL JAPONAIS.
HÉ HÉ !
HA HA...
TU LE TROUVES MIGNON ?
NON, PAS SPÉCIALEMENT.

À CE PROPOS...
POUR CE QUI EST DE LA NOUVELLE RUBRIQUE "LES CONSEILS D'URAMICHI"...
TU TRAVAILLERAS AVEC TON AMI "PETIT OISEAU".
JE ME SUIS INSPIRÉ DE TON DESSIN DE L'AUTRE JOUR POUR LE CONCEVOIR.
ON DÉPASSE LE STADE DE L'INSPIRATION, LÀ...
HÉ HÉ HÉ.
JE NE VOUS AI PAS DONNÉ LA PERMISSION DE L'UTILISER ! IL VA FALLOIR CHANGER LE DESIGN !
ADRESSE-TOI AU RÉALISATEUR, C'EST LUI QUI DÉCIDE.
...

BONJOUR, PETIT OISEAU. ☆
IL PARAÎT QUE TU AS UNE QUESTION POUR MOI, AUJOURD'HUI ?
JE T'ÉCOUTE.
TU T'ÉCLATES DANS LA VIE ?
...
TU AS DES PASSIONS ?
JE VEUX DIRE, À PART LA MUSCU ?
BAM
AH !
...
二兎追う者
一兎をも得ず
* IL NE FAUT PAS COURIR PLUSIEURS LIÈVRES À LA FOIS.

DÉ...
C'EST LE RÉALISATEUR...
DÉSOLÉ !
QUI M'A OBLIGÉ !
CE N'EST PAS VRAI.
IL A ORDONNÉ QUE CE SOIT L'UN DES ACTEURS COSTUMÉS QUI FASSE L'OISEAU, POUR RÉDUIRE LE COÛT DE LA MAIN-D'ŒUVRE !
ÇA, C'EST VRAI.
CET ENFOIRÉ DE KUMATANI A TOUT DE SUITE TROUVÉ UN MOYEN DE S'ESQUIVER EN SE FAISANT PORTER PÂLE !
PALPITATIONS, MAUX DE TÊTE, DOULEURS ABDOMINALES, NAUSÉES, VERTIGES, HALLUCINATIONS, J'AI ÉTÉ ASSAILLI PAR TOUS CES SYMPTÔMES SIMULTANÉMENT.
MAIS ÇA VA MIEUX.
SAUMON
TU MENS COMME TU RESPIRES !
ET TU CACHES TON VISAGE POUR QU'ON NE TE DÉMASQUE PAS !

* "GROUP DATING" À LA JAPONAISE, NDT.

TU DOIS ÉGALEMENT AVOIR LA SENSATION QUE LA CURIOSITÉ ET L'ÉNERGIE NÉCESSAIRES POUR BIEN MAÎTRISER UN SUJET...
ONT FONDU CHEZ TOI COMME NEIGE AU SOLEIL AU COURS DE CES DIX DERNIÈRES ANNÉES ?
OUI... GRAVE...
LES CONSEILS D'URAMICHI
QUAND TU ÉTAIS PETIT ET QUE TU TE TENAIS DE L'AUTRE CÔTÉ DE CE MUR APPELÉ "LIBERTÉ", TU CARES-SAIS L'ESPOIR DE POUVOIR FAIRE CE QUE TU VOU-DRAIS UNE FOIS ADULTE...
MAIS MAINTENANT QUE TU AS FRANCHI CE MUR ET QUE TU ES UN ADULTE ACCOMPLI, TU TE RENDS COMPTE QUE LA VITALITÉ TE FAIT CRUELLE-MENT DÉFAUT.
À TOUS LES PETITS ENFANTS QUI PENSENT QU'ILS SONT LES SEULS À SE SENTIR À L'ÉTROIT DANS LEUR VIE...
SACHEZ QUE TOUS LES POISSONS MEURENT, PEU IMPORTE LA TAILLE DE L'AQUARIUM !
LE MONDE EST BIEN FAIT, IL S'ADAPTE À CHACUN ! C'EST TOUT !
TU... TU M'AS ACHEVÉ...

ATTENTION, LES ENFANTS SONT LÀ !
ÇA MARCHE !
BONJOUR, URAMICHI, UTANO ET IKETERU !
BONJOUR, LES ENFANTS !
AVANT DE JOUER TOUS ENSEMBLE...
VOUS PERMETTEZ QUE JE VOUS POSE UNE QUESTION ?!
ROOH ...
SI TU VEUX, VAS-Y.
FAIS VITE !
COMMENT VOUS TROUVEZ CETTE MARIONNETTE ?
LES GENTILS PETITS ENFANTS QUE VOUS ÊTES N'EN AIMERAIENT PAS UNE PLUS MIGNONNE ?
FSH
スッ…
SÉRIEUX ?
TU VAS UTILISER LA VOIX DES ENFANTS POUR SOULAGER TA FRUSTRATION ?
ニヤリ…
NIARK !

...
ELLE EST MOCHE...
ON EST D'ACCORD !
MAIS...
CET OISEAU EST TON AMI, NON ?
...
MA MAMAN DIT TOUJOURS... QU'IL FAUT PRENDRE SOIN DE SES AMIS...
C'EST POUR ÇA...
QUE TU DOIS ÊTRE GENTIL AVEC LUI...
AH... OUI...
MAIS JE PENSE QUE...
TU DEVRAIS AUSSI ESSAYER DE TE FAIRE DES AMIS HUMAINS ...
...
OUI... TU AS RAISON ...

FSH スッ…
GRAND FRÈRE IKETERU …
OU…
OUI ?!
CETTE CHANCE DE NE PAS CONNAÎTRE LA DOULEUR…
ON NE S'EN REND COMPTE QUE LORSQU'ON COMMENCE À AVOIR MAL QUELQUE PART…
…
GRAND FRÈRE URAMICHI …
…
CUI チュン…
CUI チュン
CUI チュン…
バサ FLAP
バサ FLAP
IL VEUT QUE JE RÉPONDE QUOI ?!

Grand frère Uramichi
Gaku Kuze
présente

POURQUOI PLEUT-IL TOUJOURS QUAND JE N'AI PAS MON PARAPLUIE ?

CHANSON : GRAND FRÈRE IKETERU ET GRANDE SŒUR UTANO

QUAND LA MÉTÉO PRÉVOIT DES NUAGES ET DE LA PLUIE PAR MOMENTS
MON INSTINCT ANIMAL EST MIS À L'ÉPREUVE

AH LÀ LÀ, POURQUOI ? (POURQUOI ?)
PUISQUE C'EST COMME ÇA (COMME ÇA)

J'AURAIS MIEUX FAIT DE SÉCHER LE TRAVAIL (SOUS PRÉTEXTE D'UN DEUIL FAMILIAL)

J'AURAIS MIEUX FAIT DE NE PAS SORTIR (MAIS ÇA M'AURAIT FICHU LE CAFARD)

★

POURQUOI PLEUT-IL TOUJOURS QUAND JE N'AI PAS MON PARAPLUIE ?

TANDIS QU'IL NE PLEUT PAS QUAND JE L'AI SUR MOI

ALORS QUE DE LA PLUIE ÉTAIT PRÉVUE

UN PÉPIN QU'ON N'OUVRE PAS EST UN FARDEAU PLUS QU'AUTRE CHOSE
ON NE SAIT QU'EN FAIRE, ET IL NOUS INCOMMODE

MON DIEU, QUELLE HORREUR !

(★ REFRAIN)

Chapitre 6
Lavage de mains et gargarismes ont leur importance

ザ
VSH
キュ
KWIP
IL N'Y A PLUS DE SAVON...
NI EN PAIN NI LIQUIDE...
NE PAS OUBLIER DE PASSER À LA PHARMACIE EN RENTRANT...
BONJOUR, TOUT LE MONDE !
AUX CÔTÉS DES MAMANS CONCERT
BONJOUR !
URAMICHI...
TIENS, POUR TOI...
AUX CÔTÉS DES MAMANS CONCERT

CE SONT LES COSTUMES POUR LA NOUVELLE RUBRIQUE QUI COMMENCE AUJOURD'HUI.
?!
ET VOICI LE SCRIPT.
AH...
GRAND FRÈRE IKETERU !
C'EST TON COSTUME.
?!
OUAH HA HA HA HA HA !
LE TRUC ...
HA HA HA HA HA HA !
HO HO HO HO !
...
HÉ HÉ...
ドス
PAF
AÏE !
HA HA HA HA !
LA SURVIE AVANT TOUT !
FRSH
C'EST UN PEU EXTRÊME, MAIS IL N'A PAS TORT...

ざわ ざわ BLA BLA
キャッ キャッ KYAH KYAH
BON-JOUR, LES PETITS CO-PAINS !
ぱっ FSH
BOOON-JOUUUR !
HMMM... J'AI TRÈS, TRÈS MAL AU VENTRE !
JE ME DE-MANDE BIEN POUR-QUOI...
AÏE !
ガーン BAM
GRANDE SOEUR UTANO, ÇA VA ?!
J'AI VU QUE TU NE T'ÉTAIS PAS LAVÉ LES MAINS AVANT DE PRENDRE TON GOÛTER, CE NE SERAIT PAS POUR ÇA ?
SI, PEUT-ÊTRE...
DANS UN CAS PAREIL ...
JE SAIS !
ヒソ... ヒソ... PSST PSST
LAPINOU VIENT DE SE COGNER LE PETIT ORTEIL, NON ?
OUI, OUI.

IL FAUDRAIT QUE QUELQU'UN ÉLIMINE CES MÉCHANTES BACTÉRIES QUI FONT MAL À TON BIDON !
OUI...
LAPINOU A ENCORE MAL.
LE PAUVRE
MAIS QUI ?
APPELONS TOUS ENSEMBLE CELUI QUI POURRA NOUS AIDER !
UN, DEUX... DÉSINFECTOR !
DÉSINFECTOR !
OUI !
ON ME DEMANDE ?
SUPPRIMER LES BACTÉRIES, C'EST LE TRAVAIL DE DÉSINFECTOR !
DÉSINFECTOR (GRAND FRÈRE IKETERU)
HA HA HA HA HA !
QUI VA LÀ ?!

NE VENDS PAS LA PEAU DE L'OURS AVANT DE L'AVOIR TUÉ, DÉSINFECTOR !
AUJOURD'HUI, C'EST MOI QUI VAIS TE SUP-PRIMER ! ☆
BACTÉRIOR (GRAND FRÈRE URAMICHI)
TE REVOILÀ, BACTÉRIOR !
JE VAIS TE FAIRE PAYER TON INSO-LENCE !
パチィン
CLAC
ガラガラガラガラ
ROLL ROLL
ROLL ROLL
SAVON
ガッ
VSH
GOÛTE DONC À MON SAVON DÉSIN-FECTANT !
SAVON
TIENS...
ボコーン
BOM
AÏE...

POC テン
POC テン
...
T'AURAIS PAS... UN PEU...
TROP BIEN... VISÉ ?
JE SUIS GRAVE...
DÉSOLÉ.
HÉ HÉ HÉ...
JE N'AI RIEN SENTI PASSER...
JE CROIS QU'IL A MAL.
OUI, ÇA SE VOIT.
IL S'EST PRIS LE SAVON EN PLEINE FIGURE.
PFF... SI TU LE DIS...
JE VAIS AVOIR BESOIN DE VOTRE AIDE, LES COPAINS !
JE PEUX LA LANCER ?
BIEN SÛR ! DE TOUTES TES FORCES !

HA HA HA HA !
NE ME FAITES PAS RIRE, LES PETITS AMIS ! CE N'EST PAS AVEC VOS PETITS BRAS QUE VOUS VIENDREZ À BOUT DE DÉSIN... EUH, DE BACTÉRIOR !
ATTAQUEZ-MOI SI VOUS EN AVEZ LE COURAGE !
SA LANGUE A FOURCHÉ.
OUI, J'AI ENTENDU.
PSST ヒソ...
PSST ヒソ...
WAAH !
バッ FSH
POM ポコン
シュババババッ
WAAH !
PAPAM
POM ポコン
POM ポコン
POM ポコン
ARGH...
VOUS ÊTES PLUS FORTS QUE CE QUE JE CROYAIS, PETITS MONSTRES !
KYAH キャッ
KYAH キャッ
IL FAIT EXPRÈS DE FONCER SUR LES BALLES... CE N'EST PAS UN MAUVAIS BOUGRE...
OK !
IL EST TEMPS DE T'ACHEVER, DÉSIN... EUH, BACTÉRIOR !
PSST ヒソ...
LUI AUSSI A DIT LE MAUVAIS NOM.
ヒソ... PSST
ILS FONT PLEIN D'ERREURS !

ボ BOKOM
コン
AÏE !
TU ME FAIS MAL.
ボコン
BOKOM
ボコン BOKOM
ボ BOKOM
コン
ボコ
BOKOM
JE VEUX...
EURGH...
BOKOM
ボッコン
LAISSE-MOI PARLER !
バッ VSH
JE VOUS PARDONNE POUR AUJOURD'HUI !
CE N'EST QUE PARTIE REMISE !
IL S'ENFUIT !
LE LÂCHE !
BON DÉBARRAS !
MERCI, LES ENFANTS !
GRÂCE À VOUS, JE N'AI PLUS MAL AU VENTRE. ☆
LA PROCHAINE FOIS, N'OUBLIE PAS DE TE GARGARISER ET DE TE LAVER LES MAINS !
TOUT EST BIEN QUI FINIT BIEN !
OK, ON COUPE !
C'ÉTAIT PARFAIT !
URAMICHI OMOTA
LOGE

CLAC ガッチャ
URAMICHI, TOUTES MES EXCUSES.
J'AI CRU COMPRENDRE QUE TU ÉTAIS DEVENU UN "GRAND FRÈRE À POIS*".
ÇA DEVRAIT ÊTRE INTERDIT DE LANCER AUSSI FORT DANS UN PROGRAMME POUR ENFANTS.
AU PASSAGE, PENSE À FRAPPER AVANT D'ENTRER.
* EN RÉFÉRENCE À SES MULTIPLES ECCHYMOSES, NDT.
EXCUSE-MOI...
C'EST UNE HABITUDE QUE J'AI PRISE À L'ÉPOQUE OÙ JE FAISAIS DU THÉÂTRE...
QUAND J'ENTRE DANS UN RÔLE, PLUS RIEN NE ME RETIENT.
DÉSINFECTOR ? TU PARLES D'UN RÔLE.
JE ME DEMANDE SI CETTE RUBRIQUE VA SE POURSUIVRE...
AUCUNE IDÉE...
POURVU QUE LES RÉACTIONS SOIENT NÉGATIVES...
À PREMIÈRE VUE, ON A JUSTE L'AIR DE TYPES BIZARRES EN TRAIN DE JOUER AVEC DES BALLES...
OUAIS...
PATCH LOXONIN 100mg
外用薬
TON PATCH DANS LE DOS EST TOUT FROISSÉ...
OUAIS...

ガチャッ
CLAC
SI, JE TE JURE !
CHEZ URAMICHI, T'AS 90 % DE RISQUE DE TE FLINGUER LE PETIT ORTEIL SUR UN HALTÈRE.
IL EN LAISSE TRAÎNER PARTOUT.
PERSO, JE PENSE QU'À NOTRE ÉPOQUE, L'HUMOUR A PLUS LA COTE QUE LES BISCOTOS.
CE QUE J'AIMERAIS FAIRE RIRE LES FILLES, MOI AUSSI...
USAHARA.
OUI ?!
GLOUPS
ビクッ
BAM
ガンッ
AÏE !
TU T'ES VRAIMENT PAS FOULÉ...
POUR "GRAND FRÈRE À POIS".
ガー
GZIII...
...
COMMENT IL A SU...
QUE ÇA VENAIT DE MOI ?

JE ME DEMANDE S'IL N'Y AURAIT PAS UN MOYEN PLUS SIMPLE...
DE COMMUNIQUER SUR L'IMPORTANCE...
DU LAVAGE DES MAINS ET DES GARGARISMES...
CE QUI ME FAIT PENSER...
AU SAVON EN PAIN ET LIQUIDE...
TIENS !
PARAPHARMACIE STAR
PHARMACIE
AH OUI...
DES PATCHS, AUSSI...
ガー
GZIIII
BONJOUR, MONSIEUR !

Grand frère Uramichi
Gaku Kuze
présente

Désinfector

HÉROS JUSTICIER QUI PROTÈGE LE MONDE DES BACTÉRIES. À FORCE DE SE LAVER, SON IMMUNITÉ EST DÉFICIENTE ET IL SUPPORTE MAL LES MICROBES. SA TECHNIQUE SPÉCIALE EST L'ATTAQUE AU SAVON.

Bactérior

CE VILAIN PERSONNAGE COMPTE SUR LES BACTÉRIES ET LES VIRUS POUR AFFAIBLIR LES HUMAINS ET CONQUÉRIR LE MONDE. IL A DÉVELOPPÉ SA PROPRE THÉORIE SELON LAQUELLE UN MINIMUM DE BACTÉRIES EST UN MAL NÉCESSAIRE. IL DÉCAMPE DÈS QU'ON L'ATTAQUE AUX BOULES DE SAVON.

Chapitre 7
Quand les soucis se transforment en angoisse

Séquence gymnastique
Omota entre sur le plateau en courant depuis le côté cour.
Omota : « Bonjour, les enfants ! C'est grand frère Uramichi ! »
Les enfants se réunissent près de lui
Omota : « Aujourd'hui, nous all
encore bien nous amuser ! »
AUX CÔTÉS DES MAMANS
SCRIPT
URAMICHI...
ÇA VA BIENTÔT ÊTRE À TOI !
ガタ
TAC
ENTENDU.
ぱっ
FSH
BONJOUR, LES ENFANTS !
C'EST GRAND FRÈRE URAMICHI !
COUPEZ !
TU TE POINTES TOUJOURS DE LA MÊME FAÇON, ÇA DEVIENT LASSANT.

ET SI TU ESSAYAIS D'ENTRER EN SCÈNE EN FAISANT UN SALTO ARRIÈRE ?
...
J'AI PEUR D'ÊTRE UN PEU...
À L'ÉTROIT...
QUOI ?! NOOON ! VAS-Y, JE VEUX VOIR CE QUE ÇA DONNE !
...
D'AC-CORD.
...
BONJOUR, LES EN-FANTS !
TAP
TAP
C'EST GRAND FRÈRE URAMICHI !
HMM... JE CROIS QUE JE PRÉ-FÈRE LA VERSION D'AVANT.
ON RESTE SUR DU CLAS-SIQUE.
...
D'AC-CORD.

ALLEZ !
TOUT LE MONDE SE RASSEMBLE AUTOUR DE MOI !
STOP ! COUPEZ !
EN FAIT, JE CROIS QU'IL MANQUAIT UN TRUC, TOUT À L'HEURE.
QU'EST-CE QUE TU DIRAIS DE T'ADRESSER AUX ENFANTS TOUT EN ENCHAÎNANT LES SALTOS ?
...
COMMENT DIRE...
J'AIMERAIS AU CONTRAIRE LEUR APPRENDRE...
À SE TENIR ÉLOIGNÉS DES COMPORTEMENTS DANGEREUX...
ALLEEEZ ! FAIS PAS TON RADIN, TENTE LE COUP !
...
D'ACCORD.
FSH ばっ
TAP TAP TAP タタタ
ALLÔ ?
QUOI ? VOUS DEVEZ FAIRE ERREUR. C'EST DEREKIDA, MON NOM, PAS TANAKA.

EXCUSE-MOI, C'ÉTAIT UNE ERREUR (RIRES).
ON EN ÉTAIT OÙ, DÉJÀ ?
...
IL EST VIVANT ?
OUI, MAIS SON CŒUR EST MORT.
...
...
JE...
FSH
LAISSE TOMBER !
GLOUPS
T'ES LE MEILLEUR, URAMICHI !
DONNE TOUT CE QUE T'AS, AUJOURD'HUI !
...
...
D'ACCORD.

ON TE FAIT FAIRE QUOI DEPUIS TOUT À L'HEURE, GRAND FRÈRE URAMICHI ?
LA MÊME CHOSE QUE "DONNE LA PATTE" OU "ASSIS" POUR LES CHIENS !
SI JE ME PLIE AUX ORDRES...
JE POURRAI ENCORE VIVRE DEMAIN.
SINON TU MEURS ?
OUI...
MON PAUVRE...
C'EST POUR FAIRE ÇA QUE TU RESTES EN VIE ?
"CE N'EST PAS CE QUE JE VEUX FAIRE"...
VOICI CE QUE RÉPÈTENT LA MAJORITÉ DES GENS QUI NE SAVENT PAS CE QU'ILS VEULENT FAIRE DANS LA VIE.

TRÊVE DE BAVARDAGES !
AUJOURD'HUI ENCORE, J'ASSURE EN MODE "VITALITÉ DE FAÇADE" !
ぱっ FSH
JE SAIS QUE VOUS ATTENDEZ TOUS AVEC IMPATIENCE LE QUIZ URAMICHI !
OUAIS !
J'AI PASSÉ LA NUIT SEUL DANS MA CHAMBRE À L'ÉLABORER, ALORS JE COMPTE SUR VOUS POUR RÉPONDRE AVEC ENTRAIN !
QU'EST-CE QUE VOUS AVEZ TOUS, MAIS QUE N'ONT PAS LES ADULTES ?
UN JARDIN D'ENFANTS !
ワイ BLA
L'HEURE DE LA SIESTE !
ワイ BLA
DES ÉTRENNES !
ワイ BLA
BRAVO, LES ENFANTS. ☆
TOUTES VOS RÉPONSES SONT BONNES. ☆
LA LIBERTÉ.
CONTINUEZ, QUOI ENCORE ?
UNE ÂME.
DE L'ESPOIR.
BONNES RÉPONSES AUSSI...

IL EST TEMPS DE PASSER À LA GYMNASTIQUE ABC !
MAIS APPELONS D'ABORD NOS JOYEUX AMIS !
UN, DEUX, TROIS ! LAPI...
ME VOILÀ !
スァーッ
VSH
QUELLE APPARITION ÉCLAIR ! ÇA MANQUERAIT PRESQUE DE NATUREL !
MOURAIENT-ILS D'ENVIE DE JOUER AVEC VOUS ?
IL FAUT DIRE QUE NOS PETITS COPAINS SONT VOS CHOUCHOUS, HEIN, LAPINOU ET OURSINOU ?!
OUI, ON LES ADORE !
ET VOUS AIMEZ GRAND FRÈRE URAMICHI AUSSI ?
BEAUCOUP MOINS, BOING !
AH...
EN FAIT... SI...
J...
J'AI LANCÉ LE MAUVAIS ENREGISTREMENT...
JE... JE TE JURE...
NE ME FIXE PAS COMME ÇA... TU ME FAIS PEUR...

TOUT LE MONDE LES MAINS EN L'AIR !
VOILA ! SUPER !
ON VA FAIRE LA GYMNASTIQUE AVEC LE COPAIN LAPINOU !
ET SI VOUS ÊTES MEILLEURS QUE LUI...
IL FERA QUELQUE CHOSE DE DRÔLE POUR VOUS !
HEIN ?
ボンッ…
PSST
TU N'AS QU'À GAGNER...
OUAIS !
キャッ キャッ KYAH KYAH
BRAVO, LES ENFANTS !
C'EST VOUS QUI L'EMPORTEZ !

VLAM
URAMICHI !
ARRÊTE D'ÉVACUER TON STRESS SUR NOUS !
CE N'EST PAS LE CAS.
IL EN FAUDRAIT BIEN PLUS POUR ÉLIMINER MON STRESS.
...
URAMICHI...
SI TU AS DES SOUCIS, SACHE QUE NOUS SOMMES LÀ POUR T'ÉCOUTER.
IL ARRIVE UN MOMENT...
OÙ LES PETITS "SOUCIS"...
PRENNENT LA FORME D'UNE VAGUE ET IMMENSE ANGOISSE...

AUX CÔTÉS DES MAMANS
AU REVOIR !
FAITES BIEN ATTENTION EN RENTRANT !
BYE BYE !
KYAH キャ
KYAH キャ
BYE BYE !
GRAND FRÈRE URAMICHI...
DOM もじ...
OUI ?
MON PAPA A PU PRENDRE UN JOUR DE CONGÉ ...
ALORS TU SAIS QUOI ?
NON, DIS-MOI !
JE VAIS POUVOIR VENIR AU CONCERT DE LA SEMAINE PROCHAINE !
JE SUIS TROP PRESSÉ !
MERCI !
NOUS AUSSI, ON EST IMPATIENTS DE VOUS RETROUVER !
BYE BYE !
ガー...
GZIII

LE GAMIN VIENT DE ME RAPPELER QU'ON AVAIT UN CONCERT LE WEEK-END PROCHAIN.
OUI, J'AVAIS COMPLÈTEMENT ZAPPÉ.
APRÈS CHAQUE CONCERT, SENTIR MON CORPS FAIBLIR UN PEU PLUS D'ANNÉE EN ANNÉE ME CASSE LE MORAL...
AAAH...
J'AI DES TICKETS DE RÉDUCTION POUR MA SALLE DE GYM.
NON MERCI, ILS SONT CINGLÉS DANS TA SALLE... JE N'Y METTRAI JAMAIS LES PIEDS.
QUOI QU'IL EN SOIT...
SOUHAITONS-NOUS BON COURAGE...
OUAIS...

Grand frère Uramichi
Gaku Kuze
présente

LA PETITE ARAIGNÉE QUE JE VOIS PARFOIS CHEZ MOI

CHANSON : GRAND FRÈRE IKETERU ET GRANDE SŒUR UTANO

CES DERNIERS TEMPS, J'AI DU MAL À M'ENDORMIR
ET DU MAL À ME LEVER QUAND LE MATIN ARRIVE

LA LA LA LU LU LU

QUELLE EST DONC CETTE PETITE ARAIGNÉE
QUE JE VOIS PARFOIS CHEZ MOI ?
SÛREMENT UNE ARAIGNÉE SAUTEUSE

SI JE LUI DONNE UN PEU D'EAU SUCRÉE SUR UN COTON-TIGE

CETTE PETITE MIGNONNE VIENDRA S'Y AGRIPPER

MAIS D'AUTRES OPTENT POUR LA FUITE

CAR ELLES SONT VIGILANTES, ET TRÈS CHOU AUSSI

CELA MÊME SI LEURS SAUTS BRUSQUES ET PRODIGIEUX NOUS EFFRAIENT PARFOIS

LA LA LA LU LU LU

JE LES TROUVE AUSSI CRAQUANTES QUAND JE FAIS BOUGER UN STYLO DEVANT LEURS YEUX
ET QU'ELLES SE METTENT À LE SUIVRE

MAIS ELLES S'EN LASSENT VITE ET SE SAUVENT
SANS DEMANDER LEUR RESTE

JE FINIS PAR FATIGUER MÊME LES ARAIGNÉES

LA LA LA LU LU LU

AAH, C'EST ENCORE LE MATIN

SHAKE
Chapitre 8
Après le concert

AAAH...
LA LOSE DE BOSSER UN JOUR FÉRIÉ...
JE KIFFERAIS TELLEMENT AVOIR UN RENCARD...
TROUVE DÉJÀ UNE COPINE.
TOBIKICHI USAHARA (28 ANS) (LAPINOU)
MITSUO KUMATANI (28 ANS) (OURSINOU)
T'AS RAISON, JE VAIS COM-MENCER PAR LÀ.
PLUS QU'UNE HEURE AVANT LE SPEC-TACLE !

PAM
PAM
PENSEZ À VOUS CHANGER !
URGH !
REDRESSEZ-VOUS, VOUS DEUX !
POF
FSH
TAP
TAP
AAH, JE SUIS DÉBORDÉ !
CE CHORÉGRAPHE A LE DON DE S'ENFLAMMER UNIQUEMENT QUAND IL Y A UN CONCERT...
OUI...
IL NOUS FAIT RÉPÉTER...
TOUTE LA JOURNÉE DE LA REPRÉSENTATION...

À TEL POINT…
QU'ON EST COMPLÈTEMENT CLAQUÉS AVANT DE MONTER SUR SCÈNE…
APRÈS LE CONCERT… SI TOUT SE PASSE BIEN… JE PRENDRAI QUELQUES JOURS DE CONGÉ…
DE QUOI TU PARLES ?
ON N'A PAS DE CONGÉS.
MOI, APRÈS LE CONCERT… SI TOUT SE PASSE BIEN… JE ME MARIERAI…
ESSAIE DE FAIRE PREUVE DE RÉALISME, PARCE QUE LÀ, C'EST MÊME PAS DRÔLE.

ワイワイ
Bla Bla
GYAH GYAH
パッ
Flash
Flash
パッ
Papam papapam
Palalalam
Bon-jour...
Et bienvenue au concert de "Aux côtés des mamans" !
Palalalam
Papapam
Je suis Lapinou !
Et moi Oursnou !
カタカタ…
Tac tac tac
Tac tac tac
カタカタ…
On va bien s'amuser tous ensemble !
Nous sommes très heureux de vous retrouver !
Ouah !
キャッキャッ
Kyah Kyah

WAAH !
KYAH
キャイ
KYAH
キャイ
BONJOUR, TOUT LE MONDE !
JE SUIS IKETERU DAGA !
ET MOI, UTANO TADANO !
MERCI D'ÊTRE LÀ AUJOURD'HUI !
DIS, DIS, GRAND FRÈRE IKETERU !
QUEL EST TON PLUS GRAND TALENT ?
HMM...
LE CHANT, PARDI !
EN REVANCHE, JE CROIS QUE TU N'ES PAS TRÈS DOUÉ POUR LIRE L'HEURE SUR UNE MONTRE À AIGUILLES ?
OUI, BON... ÇA VA...
JE FAIS CE QUE JE PEUX...

ON A TOUS DES POINTS FORTS ET DES POINTS FAIBLES...
C'EST CE QUI FAIT LE PIMENT DE LA VIE !
COMMENÇONS PAR UN JOYEUX MORCEAU JUDICIEUSEMENT INTITULÉ...
"POINTS FORTS ET POINTS FAIBLES" !
MAMANS CONCERT
IL Y A DES CHOSES OÙ J'EXCELLE... ♪ ET D'AUTRES OÙ JE PEINE... ♪
C'EST POURQUOI IL NE FAUT PAS CHERCHER À TOUT FAIRE SEUL... ♪
QUAND QUELQU'UN SAIT FAIRE ET PAS TOI... ♪
DIS-LUI "OUAH, SUPER", ET SOIS SON AMI ! ♪
IL Y A CEUX QUI SAVENT CHANTER... ♪
ET CELLES QUI SAVENT DESSINER... ♪
CEUX QUI CONNAISSENT DES HISTOIRES DRÔLES... ♪
ET CELLES ...
QUI SAUTENT TRÈS HAUT ! ♪

BON-JOUR, LES CO-PAINS !
JE SUIS URAMICHI OMOTA, LE GRAND FRÈRE GYMNAS-TIQUE !
WAAH !
KYAH キャッ
KYAH キャッ
MOI...
JE SUIS TRÈS DOUÉ QUAND IL S'AGIT DE BONDIR EN L'AIR ET DE ROULER !
MAIS...
IL Y A DES CRAINTES ET DES ANGOISSES QUE TOUS LES SAUTS ET SAL-TOS DU MONDE... NE SUFFISENT PAS À CHAS-SER !
JE SUIS TOUJOURS HANTÉ PAR LE FAIT QU'UN JOUR...
QUELQU'UN M'A DIT QUE JE N'ÉTAIS PAS GENTIL.

ALORS, OUI...
ÊTRE AGRÉABLE AVEC MON ENTOURAGE N'EST PEUT-ÊTRE PAS MON FORT.
MAIS...
SI ÊTRE GENTIL, CE N'EST QUE SE MÊLER DES AFFAIRES DES AUTRES...
ALORS, LES PETITS AMIS...
CE N'EST PEUT-ÊTRE PAS LA PEINE DE DEVENIR DES ADULTES GENTILS !

LE TITRE DU MORCEAU SUIVANT EST...
DAM
TATATAP
CHA LA LA LA LA LA ♪
“LE CHAT REGARDE DANS LE VIDE”.
OÙ REGARDES-TU ? ♪
TA LA LA TA LA LA TA LA LA ♪
QU'Y A-T-IL ...
TAAA LA LA LAN ♪
LÀ-BAS ? ♪
RIEN ... ♪
RIEN DU TOUT ... ♪
TA TA LA LA LA LA ♪
NI ARGENT NI TEMPS... ♪
LA LA LAN ♪
MA VIE MANQUE D'ÉCLAT ♪ ET JE N'AURAI PLUS À MANGER DEMAIN... ♪
MAIS ... ♪
FSH
MAIS ... ♪
IL Y A UN CHAT... ♪
UN CHAT... ♪
QUI NE SERT À RIEN... ♪
RON
RON
RON
RON
MAIS QUI EST LÀ... ♪

* POISSONNIER

DIS...
ON A BIEN UNE JOUR-NÉE LIBRE, DEMAIN ?
OUI.
TU VAS FAIRE QUOI ?
ALLER À LA PÊCHE...
ON ATTRAPE QUOI, EN CE MO-MENT ?
C'EST BON ?
DU PAGRE TÊTE NOIRE, ENTRE AUTRES ...
OUAIS.
TU M'EN DIRAS TANT...
JE PROPOSE QU'ON AILLE BOIRE DES COUPS CHEZ URAMICHI !
À CONDITION QU'IL TERMINE LE CONCERT VIVANT, BIEN SÛR...
HÉ !
D'UNE, CE N'EST PAS TOI QUI DÉ-CIDES.
!
スポッ
SPOF
ET DE DEUX, JE T'INTERDIS DE ME TUER.
NON... C'EST JUSTE QUE...
FAUT PENSER AU WEEK-END POUR TROUVER LE COU-RAGE DE BOSSER !
SALLE DE CONCERT SUD
TU DIRAS ÇA QUAND TU BOS-SERAS !

Fiche personnage

Tobikichi Usahara

ÂGE ★ 28 ANS

TAILLE ★ 1 M 82

GROUPE SANGUIN ★ O

ANNIVERSAIRE ★ 3 MARS

TABAC ★ DÉTESTE

ALCOOL ★ AIME (MAIS NE TIENT PAS)

Fiche personnage
Mitsuo Kumatani
ÂGE ★ 28 ANS
TAILLE ★ 1 M 76
GROUPE SANGUIN ★ A
ANNIVERSAIRE ★ 13 JUIN
TABAC ★ A ARRÊTÉ
ALCOOL ★ BOIT (ET TIENT BIEN)

ATTENTION DORADE
Chapitre 9
Haltères en liberté

CUI
チュン
CUI
チュン
CUI
チュン
CUI
チュン
CUI
チュン
CUI
チュン…
VSH
ばっ
AH OUI, C'EST VRAI...
AM
DIMANCHE
JE NE TRAVAILLE PAS...
...
PFIOU.

HA HA HA...
HAAAA HA HA...
HA HA HA HA HA HA !
MIAOU MIOU MIA MIA.
MIOUA MA MIAOU MIOU!
ザ" ザ" ー ッ...
SHAAAAA
POF
ぺいっ

SHPAF
HA HA !
DÉSOLÉ.

ON DIRAIT QUE JE VAIS DEVOIR RESTER JUSQU'À PÊCHER TON PETIT-DÉJ'.
MIAOU !
OH NON, LA POISSE ...
JE SUIS À COURT D'HUILE D'OLIVE ...
EN PLEINE PRÉPARATION D'UN ACQUA PAZZA...
JE SORS FAIRE QUELQUES COURSES.
TU M'AT-TENDS ICI...
SAYURI.

OUAF !
OUI, MA BELLE ...
TU ES UNE GENTILLE FIFILLE.
へあっ ARF
ARF へあっ
ARF へあっ
JE REVIENS TOUT DE SUITE.
OUAF !
SOIS BIEN SAGE.
バタン VLAM
HMM HMM ...
ガチャッコ CLAC
BON, ALLEZ, VIENS AVEC MOI.
OUAF !

SUPERMARCHÉ TORI
ARF へあっ
LES PRODUITS SURGELÉS SONT À MOITIÉ PRIX...
J'EN PRENDS QUELQUES-UNS.
OLIVE
J'AI AUSSI VU DE LA QUEUE DE BOEUF...
PFFT !
SUPERMARCHÉ TO
Ç... ÇA...
ÇA VA, MONSIEUR ?
OUI, CE N'EST RIEN...
ARF へあ～
JE DISAIS DONC, LA QUEUE DE BOEUF EST ...
PFF... HA HA HA HA !

* En japonais, on dit qu'on "glisse" quand on ne réussit pas à faire rire, NDT.

* JEU D'ARGENT TRÈS POPULAIRE AU JAPON, NDT.

* GÂTEAUX JAPONAIS EN FORME DE POISSON FOURRÉS À LA PÂTE DE HARICOTS ROUGES SUCRÉS, NDT.

T'AS FAIT QUOI, AUJOUR-D'HUI ?
RIEN, JE SUIS JUSTE PASSÉ À LA SALLE.
HA HA, JE LE SAVAIS !
HEIN ?
NON, RIEN...
EUH... IL EST QUELLE HEURE ?
JE CROIS QU'IL Y A UNE RE-DIFFUSION EN CE MOMENT...
TAC TAC TATATAC
ZUT ...
C'EST PRESQUE TERMINÉ...
DOM-MAGE ...
ピンポーン
DING DONG
ÇA, C'EST MON KUMATANI !
IL ARRIVE TOU-JOURS AU BON MO...
CLONG
ガンッ
AIIIE !
WOOOOH ...
ON ESPÈRE QUE VOUS VOUS ÊTES BIEN AMUSÉS AUSSI !
PU-TAINS D'HAL-TÈRES ...
IL FAUT LES RANGER, URAMICHI...

LA VACHE... JE ME SUIS ÉCLATÉ LE PIED ...
IL T'AR-RIVE QUOI ?
チッ
FROTCH
JE VOUS DIS À BIEN-TÔT...
ガンッ
CLONG
AÏIIE !
TU VAS RECOM-MENCER COMBIEN DE FOIS ?
LES ENFANTS !

Postface

Bonjour, je m'appelle Gaku Kuze. Merci d'avoir lu…
ce premier tome de *Leçons de vie avec grand frère Uramichi*.
Leçons de vie avec grand frère Uramichi a fait son apparition en février 2017, puis a été publié en magazine au mois de mai…
avant de sortir en volume relié au mois de septembre de la même année.
HMM ?!
J'ai vécu plusieurs mois complètement fous.
Pendant cette courte période…
on m'a proposé de collaborer à un café éphémère…
et j'ai remporté…
le prix du "manga à venir" dans la catégorie "web manga"…
et le prix des "élections générales du web manga" dans la catégorie "indépendant".
DEUX PRIX !
Tout ça grâce à votre chaleureux soutien.
T'ES UN SACRÉ CHANCEUX.
OUI, JE SAIS.
Enfin, pour couronner le tout, l'acteur qui a prêté sa voix à Uramichi dans la vidéo promotionnelle tournée à l'occasion de la sortie de ce premier tome…
n'est autre que… Hiroshi Kamiya !
Un immense merci à lui !
J'ÉCRIS CES LIGNES AVANT LE TOURNAGE. JE NE TIENS PLUS EN PLACE À L'IDÉE DE POUVOIR Y ASSISTER.
Merci du fond du cœur à celles et ceux qui m'encouragent, à tous les gens de ma maison d'édition, ainsi qu'aux vendeurs et à toutes les personnes qui m'ont apporté leur collaboration.
À BIENTÔT !
En espérant vous retrouver au prochain tome !

Mana Books pour l'édition française
2, rue de Saint-Pétersbourg - 75008 Paris

Traduction : Djamel Rabahi
Lettrage : Clair Obscur
Relecture : Eugénie Michel

ISBN : 979-10-355-0517-2

Dépôt légal : mai 2024
Achevé d'imprimer en Italie par Grafica Veneta

www.mana-books.com